GRAVEL™

VOLUME 1 : SALES MENTEURS

HISTOIRE & SCRIPT
WARREN ELLIS

SCRIPT & ILLUSTRATIONS INTER-CHAPITRES
MIKE WOLFER

DESSIN
RAULO CACERES (chapitres 1 à 3)
OSCAR JIMENEZ (chapitre 4)

COULEURS
GREG WALLER (chapitres 1 à 3)
JUANMAR (chapitre 4)

TRADUCTION
BENJAMIN RIVIÈRE

LETTRAGE
ALESSANDRO BENEDETTI

REDACTION USA
WILLIAM CHRISTENSEN
MARK SEIFERT
ARIANA OSBORNE
DAVID MARKS

Directeur de la publication **ALAIN GUERRINI**. Directeur division Publishing **SÉBASTIEN DALLAIN**. Comité de direction **A. GUERRINI, S. DALLAIN, H. FUMET**. Directeur éditorial européen **MARCO M. LUPOI**. Responsable éditorial **WALTER DE MARCHI**. Responsable marketing opérationnel **MAGALIE BRUTIN**. Chef des ventes **GUILLAUME COUÉ**. Coordinatrice commerciale **VALÉRIE BRYNDZA**. Contrôleur de gestion **JÉRÔME TASSEL**. Communication et relations presse **SOPHIE CONY**. Coordinateurs éditoriaux **MATTEO LOSSO, VÉRONIQUE PARRA, ANNA RODELLA**. Supervision **LAETITIA SAMMARTINO**. Rédaction **SANDRINE VAUBOIS**. Rédacteur **MATTIA DEL CORNO**. Directeur artistique **MARIO CORTICELLI**. Conceptrice graphique **CHIARA BENASSI**. Maquettiste **MARCO PAROLI**. Avec la collaboration de toute l'équipe de Panini. Une publication AVATAR PRESS / PANINI FRANCE S.A. Commercialisation et relations média : PANINI FRANCE S.A. – Z.I. SECTEUR D – B.P. 62 – 06702 ST-LAURENT-DU-VAR CEDEX - www.paninicomics.fr - presse-bd@panini.fr - tél. 04 92 12 57 57 fax 04 92 12 57 58.

100% FUSION COMICS - GRAVEL 1 – ISBN : 978-2-8094-2361-7. Dépôt légal : avril 2012. Impression : Novastampa - Verona. Imprimé en Italie / Printed in Italy.

INTRODUCTION

Magie. Ce mot évoque le plus souvent des sorts simples servant par exemple à déplacer des objets ou à leur faire changer de forme, le tout accompagné d'étincelles ou d'un halo de lumière. Ou encore, on lie la magie à l'univers du fantasy, au dragon à abattre avec une boule de feu ou au troll à arrêter d'un coup de jet de glace… Mais **Warren Ellis**, un auteur particulier qui aime surprendre et que rien n'arrête, voit la magie autrement. Pour lui, c'est un instrument de guerre, un outil servant à dépecer le visage d'un homme agonisant ou à faire traverser une ville entière à une balle pour atteindre sa cible. C'est de cette idée qu'est née *Gravel*, où le protagoniste n'utilise pas ses talents occultes pour déplacer un verre mais pour briser des nuques. Dans cette série, on n'envoûte pas une clé pour ouvrir un coffre mais un projectile pour tuer un être mystique. Suivant un tel concept, il n'est pas difficile d'imaginer que le présent volume est une bande dessinée violente et différente des autres. Et c'est ce qui en fait son charme, inutile de le nier. Une fois que vous y aurez goûté, vous commencerez à compter les jours vous séparant de la sortie du deuxième volume !

GRAVEL™

CHAPITRE 1

<QUE LE MONDE ENTIER ENTENDE MES PAROLES : À TOUTES LES NATIONS ALLIÉES DU GRAND SATAN...>
<NOTRE CRI RESTE INCHANGÉ : MORT À L'AMÉRIQUE.>
<DIEU TOUT-PUISSANT ET SON MESSAGER NOUS ONT MONTRÉ LA PUISSANCE DU JIHAD...>
<ET PAR LA DIVINE INTERVENTION DE SA MAIN, LES INFIDÈLES SERONT ÉCRASÉS.>
<LE MONDE NE SE MOQUERA PLUS DE NOTRE RELIGION ET DE SON PROPHÈTE...>
<BIENTÔT, LES JUSTES CHASSERONT LES INFIDÈLES DE NOS TERRES ET HÉRITERONT DU MONDE.>
<À CEUX QUI SE TIENNENT AUX CÔTÉS DE L'AMÉRIQUE... VOUS PÉRIREZ.>
<LES CADAVRES DES ENVAHISSEURS ANGLAIS POURRIRONT AU SOLEIL À CÔTÉ DE VOS FRÈRES AMÉRICAINS.>
<IL N'Y A AUCUN ESPOIR DE VICTOIRE.>
<JUSTE LA MORT POUR L'AMÉRIQUE...>
<ET LA MORT POUR LE ROYAUME-UNI...>
<À COMMENCER PAR L'UN DE VOS SOLDATS.>

ALLAH AKBAR !
GAAHHH...!
<SNIPER ?>
<C'EST UN SNIPER ?!>

SORS DE LÀ !
ALLEZ, BOUGE !
PARS VERS L'OUEST. TU RENCONTRERAS AUCUNE RÉSISTANCE D'ICI AU CAMP.
M'EN SUIS BIEN ASSURÉ.
NOUS, LES ANGLAIS, ON EST UN PEUPLE TRÈS FAIR-PLAY.
SURTOUT SUR LE CHAMP DE BATAILLE.

AU POINT DE PORTER DU ROUGE ET DE S'ALI-GNER GENTIMENT POUR QUE LES CO-LONS AIENT UNE CHANCE.
LES YAN-KEES CROIENT L'AVOIR GA-GNÉE.
TOUT COMME ON VOUS FAIT CROIRE QUE VOUS GAGNEZ CELLE-LÀ.
HÉ.
JE SUIS ANGLAIS, TU SAIS.
MAIS PAR CONTRE, JE JOUE PAS FAIR-PLAY.
OH. JE VOULAIS TE DIRE AVANT DE PARTIR...
OÙ TU VAS, LÀ...
Y A PAS DE VIERGES.

"TROIS SEMAINES ET J'AI TOUJOURS DU SABLE PLEIN LES GODASSES.
"ET JE PARLE MÊME PAS DE MON FION.
"FIN DE L'OPÉRATION ET RETOUR À LA MAISON. JE M'ATTENDS À CE QUE LES CHOSES SOIENT COMME JE LES AI LAISSÉES, LE MÊME STATU QUO ET EN GRANDE PARTIE, C'EST LE CAS.
"DÉBRIEFING AVEC "H" AU Q.G., QUI SEMBLAIT SURPRIS DE ME VOIR VIVANT. COMME D'HAB, IL M'A CASSÉ LES BURNES POUR AVOIR ENFREINT LE PROTOCOLE DE TERRAIN DU S.A.S., MÊME SI ON SAIT TOUS QU'IL N'Y EN A PAS.
"JE PEUX VIVRE AVEC. C'EST LE CHANGEMENT QUI ME POSE PROBLÈME.
"CE QUI M'AMÈNE DANS LE SUD DE NOTTING HILL.
"LE CHANGEMENT QUI SORT DE NULLE PART ET QUI FOUT LE BORDEL DANS MA VIE, POUR CE QU'ELLE VAUT.
"LE CHANGEMENT PROVOQUÉ PAR DES TYPES COMME SIMON SHIRANIAN.
"IL FAUT DE L'ARGENT, LE BRAS LONG ET DE LA NOTORIÉTÉ POUR AVOIR NE SERAIT-CE QU'UN STUDIO DANS LE QUARTIER.
"SIMON NAGE DANS LES TROIS, AUTANT QUE DANS LE CHAMPAGNE ET LES FLUIDES CORPORELS DE DIEU-SAIT-QUI.
"ÇA ME FILE LA GERBE DE PENSER QU'ON A QUELQUE CHOSE EN COMMUN, LUI ET MOI.

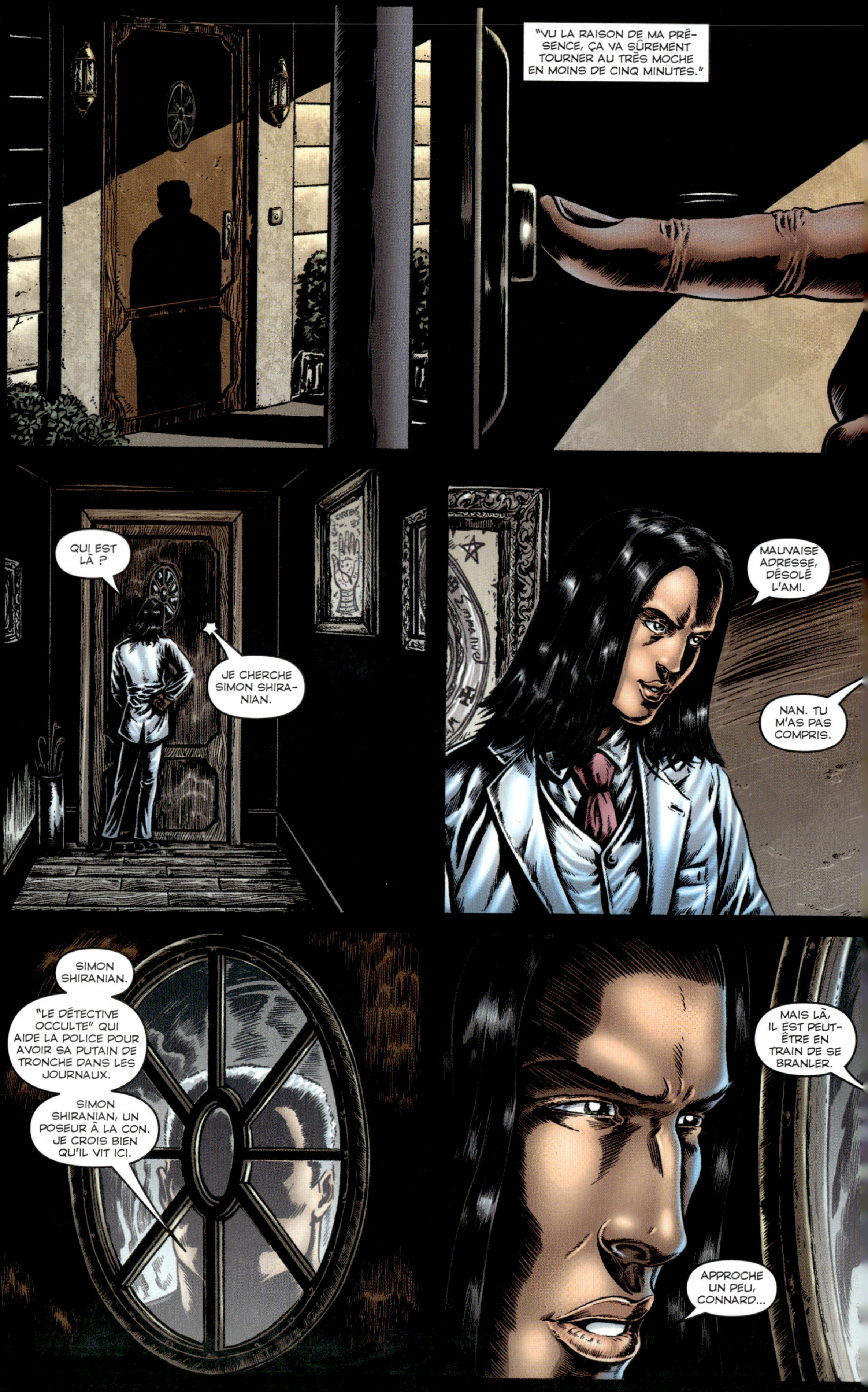
"VU LA RAISON DE MA PRÉSENCE, ÇA VA SÛREMENT TOURNER AU TRÈS MOCHE EN MOINS DE CINQ MINUTES."
QUI EST LÀ ?
JE CHERCHE SIMON SHIRANIAN.
MAUVAISE ADRESSE, DÉSOLÉ L'AMI.
NAN. TU M'AS PAS COMPRIS.
SIMON SHIRANIAN.
"LE DÉTECTIVE OCCULTE" QUI AIDE LA POLICE POUR AVOIR SA PUTAIN DE TRONCHE DANS LES JOURNAUX.
SIMON SHIRANIAN, UN POSEUR À LA CON. JE CROIS BIEN QU'IL VIT ICI.
MAIS LÀ, IL EST PEUT-ÊTRE EN TRAIN DE SE BRANLER.
APPROCHE UN PEU, CONNARD...

OUVRE LA PORTE OU JE VAIS TE MONTRER CE QUE ÇA FAISAIT QUAND TA MÈRE T'A DÉMOULÉ, PETITE MERDE.
ASSIEDS-TOI.
JE VEUX TE PARLER.

LES PRÉSEN-TATIONS SONT INUTILES.
JE SAIS QUI TU ES.
BILL GRAVEL.
SERGENT-MAJOR WILLIAM GRAVEL, DES FORCES SPÉCIALES.
ALORS FAIS PAS LE CON, SONNY.
BOUH... J'AI PEUR.
ON A FAIT LE TOUR DE TON CV ?
AH OUI, ÇA ME REVIENT.
"MAGICIEN SOLDAT".
PERSONNE T'AIME.
ET T'ES CENSÉ ÊTRE MORT.
MORT ? J'AI ÉTÉ UN AN DANS CE PUTAIN D'AFGHANIS-TAN À DÉCOUPER DES TALIBANS.
ET TOI, PETIT SIMON... T'AS REJOINT LE SEPT MINEUR.
C'EST QUOI, ÇA ?
UNE SORTE DE CHO-RALE ?

IL Y A UN ORDRE. TU SAIS TOUT ÇA, TE FOUS PAS DE MOI.
LE SEPT MAJEUR, LES MAÎTRES DE LA MAGIE BRITANNIQUES.
ET LE SEPT MINEUR, CEUX QUI VIVENT PARMI LA POPULACE ET VEILLENT AU GRAIN. LES "DÉTECTIVES OCCULTES".
DONT JE FAISAIS PARTIE.
MAIS QUAND JE SUIS RENTRÉ, JE L'ÉTAIS PLUS.
POUR QUI, POURQUOI, ON EST PERSUADÉ QUE JE SUIS MORT...
ET, DU COUP, T'AS PRIS MA PLACE DANS LE SEPT MINEUR.
ALORS, COMMENT C'EST ARRIVÉ ?
J'AI AUCUNE IDÉE DE CE DONT TU PARLES.
AH OUI ?

DERNIÈRE CHANCE : COMMENT C'EST ARRIVÉ ?!
JE LEUR AI...
... DONNÉ LE MANUSCRIT SIGSAND, OK ?!
MON CUL.
LE MANUSCRIT SIGSAND A DISPARU DES EFFETS DE CARNACKI À SA MORT.
ON L'A PAS VU DEPUIS 1923.
JE L'AI TROUVÉ !
COMMENT ?
PARCE QUE JE SUIS VRAIMENT MALIN, D'ACCORD ?!
JE L'AI DONNÉ AU SEPT MINEUR, MÊME S'ILS ÉTAIENT QUE SIX À CE MOMENT-LÀ. ON LEUR AVAIT DIT QUE TU ÉTAIS MORT.
C'ÉTAIT MON TICKET D'ENTRÉE. JE LEUR AI DONNÉ LE SIGSAND ET JE SUIS ENTRÉ DANS LE SEPT MINEUR.

ALORS QUI A LE SIGSAND ?
EUX. ILS EN FLIPPAIENT TELLEMENT QU'ILS L'ONT COUPÉ EN SIX, CHACUN UN BOUT...
... QU'ILS ONT CACHÉ, EN SÛRETÉ.
VRAIMENT ? T'EN AS UNE PARTIE ?
NON.
ET T'EN AS FAIT UNE COPIE AVANT DE LE DONNER ?
SI TU EN SAVAIS AUTANT QUE TU CROIS, TU SAURAIS QUE LE SIGSAND NE SE... "LAISSE" PAS DUPLIQUER.
ALORS TU VAS FAIRE QUOI, BARBOUZE DE MERDE ?
TU PEUX CONTINUER À ME TABASSER, J'AI RIEN D'AUTRE À DIRE.
MOI NON PLUS.

"BIEN...
"MAINTENANT, JE SAIS QUOI FAIRE DE MES VACANCES.

GRAVEL™

CHAPITRE 2

L'AMOUR VENU D'UN FROID NOIR ET PROFOND

GRAVEL

"EN TRAIN, IL FAUT UNE BONNE HEURE POUR ALLER DE LA GARE DE CHARING CROSS À TUNBRIDGE WELLS...
"... PUIS QUATRE KILOMÈTRES DE MARCHE POUR REJOINDRE LANGTON GREEN, VU QU'IL N'Y A PAS DE BUS.
"J'Y SUIS ALLÉ PAR MES PROPRES MOYENS.
"MOINS D'UNE MINUTE DE LONDRES À ICI."
Reapers ARMS
UNE TROISIÈME FILLETTE PORTÉE DISPARUE.
CE SERA QUOI, L'AMI ?
UNE PINTE D'IPA.

C'EST LA PLUIE, JE DIS. IL A TROP PLU, CET ÉTÉ.
NAN. J'AI PAS DE MOISI OU DE MOUSSE DANS MES CHAMPS. J'AI JAMAIS VU ÇA.
DANS MES CHAMPS, TOUT EST FOUTU. JE SUIS BAISÉ POUR LA RÉCOLTE.
C'EST LE RÉCHAUFFEMENT. ILS EN CAUSENT PAS MAL DANS LE POSTE...
MES COUILLES. T'AS PAS VU TOUTES LES FLEURS CREVER CE MOIS-CI ?
LES PIAFS QUI TOMBENT DES ARBRES ?
P'TÊT' QU'ON A EMPOISONNÉ LES CHAMPS.
T'AS DÉJÀ VU UN VER MORT QUI S'EST PAS NOYÉ DANS LA FLOTTE ?
LE SOL EN EST PLEIN.
"SÛR, C'EST LE POISON.
ROUTE PRIVÉE
"LE PAYSAN A RAISON. C'EST DU POISON.
"MAIS UN QUI SE VEND PAS EN BOUTEILLE."

"JE VOIS PLEIN DE CHOSES QUE D'AUTRES NE PEUVENT PAS.
"COMME UN VOILE NOIR QUI ENVELOPPE LE VILLAGE ET LES FERMES AUX ALENTOURS.
"TOUT CE QUE J'AI À FAIRE, C'EST LE SUIVRE À SA SOURCE POUR TROUVER L'ENFOIRÉ QUI M'AMÈNE ICI.
"J'ARRÊTE PAS DE ME DIRE QUE JE PRÉFÉRERAIS FAIRE AUTRE CHOSE DE MON TEMPS LIBRE.
"J'AI FAILLI ACCEPTER CE BOULOT EN ISLANDE, À PROPOS D'UN ÉLU LOCAL PÉDOPHILE À ZIGOUILLER.
"LES HONORAIRES ÉTAIENT TRÈS CORRECTS... MAIS CETTE MERDE M'EST TOMBÉE DESSUS.
"L'ISLANDE ATTENDRA.
"ÇA BOUILLONNE ICI, TOUT AUTOUR DE LA MAISON. L'AIR EN EST CHARGÉ.
"LE POISON.
"TOUT COMME LE SOL VOMIT UN SANG NOIR ET RANCE, ESSAYANT D'EXPULSER QUELQUE CHOSE DE VIL.
"QUELQUE CHOSE QUI DEVRAIT PAS ÊTRE LÀ."

T'AS PAS
PU TE RETENIR,
HEIN ?
"LE FAIT QUE CE
SOIT UN AMATEUR
LE REND PAS MOINS
DANGEREUX.
"AU CONTRAIRE. CE
SONT CEUX-LÀ QUI
PANIQUENT ET SONT
IMPRÉVISIBLES.
"TOUT JUSTE RENTRÉ
D'AFGHANISTAN...
"... UN SÉJOUR EN
ISLANDE M'AURAIT
BOUSILLÉ LES SINUS,
DE TOUTE FAÇON."
QUI EST
LÀ ?
WILLIAM
GRAVEL.
JE CHERCHE
JEROME DE
MONTFAULT.

IL EST ABSENT.
PAS DE BOBARD, JERRY.
J'AI RECONNU TA VOIX.
GRAVEL EST MORT.
DÉJÀ ENTENDU ÇA, AUJOURD'HUI.

ON RECOMMENCE, HEIN, JERRY ?

JE... JE POUVAIS PAS SAVOIR, TU COMPRENDS.
ILS M'ONT DIT QUE T'ÉTAIS MORT EN AFGHA-NISTAN.
JE VEUX SAVOIR : C'EST QUI, "ILS"...
MAIS AVANT, TU VAS ME DIRE CE QUE VOUS FOUTEZ AVEC LE MANUSCRIT SIGSAND.
JE PEUX TE DIRE CE QUE JE SAIS SUR LE SIGSAND.
J'AI ENTENDU QU'IL AVAIT DISPARU ET QU'IL AVAIT ÉTÉ EN-TERRÉ AVEC THOMAS CARNACKI, LE DÉTECTIVE OCCULTE QUI...
NON.
J'AI PAS BESOIN DE COURS D'HISTOIRE.
SIMON SHIRANIAN VOUS A DONNÉ LE SIG-SAND CONTRE MA PLACE DANS LE SEPT MINEUR.
HEU... QUI, DIS-TU ?
SIMON SHIRANIAN. JE SUIS SÛR QUE TU RE-CONNAIS LA BAGUE. JE LUI AI PLANTÉ UNE LAME DANS LA GORGE...
MAIS PAS AVANT QU'IL ME DISE POUR LE SIGSAND.
D'ACCORD... D'ACCORD.

EXCUSE LE DÉSORDRE. JE PENSE QUE TU TE SOUVIENS DE LA NATURE DE MON TRAVAIL.
T'AS TOUJOURS ÉTÉ L'ÉRUDIT DU SEPT MINEUR. TU DÉCHIFFRES ET TU INTERPRÈTES LES TEXTES ANCIENS.
C'EST TOI QUI AS SAUVÉ LONDRES DE CETTE CHOSE À LA BIBLIOTHÈQUE NATIONALE.
TOI ET COLEGRAVE, VOUS AVEZ PLACÉ DES SONDES DANS LE CERCLE EXTÉRIEUR.
C'EST POUR ÇA QUE JE SUIS VENU ICI EN PREMIER.
POUR REPRENDRE TA PLACE DANS LE SEPT MINEUR ?
POUR DÉCOUVRIR CE QUE T'AS FAIT DE TA PARTIE DU SIGSAND.
PAS SI FORT, JE TE PRIE. MA MÈRE EST DE PASSAGE ET ELLE SE COUCHE TÔT.
JE N'AI RIEN FAIT AVEC LE SIGSAND.
JE PEUX RIEN FAIRE AVEC UN FRAGMENT COMME ÇA.
TU DOIS COMPRENDRE LA NATURE DU MANUSCRIT. COMMENT ÇA MARCHE.
CE N'EST PAS UN LIVRE DE RECETTES. C'EST... UN UNIVERS AUTO-CONTENU.
IL TE LIT, TU DEVIENS DES MOTS. LETTRES, NOMBRES ET SYMBOLES S'ENTREMÊLENT.
QUI VIVENT. RESPIRENT.

DES COULEURS. TU SAIS POUR LES COULEURS ?
L'ARC-EN-CIEL AU-DELÀ DE L'AU-DELÀ.
LES SEPT COULEURS DE L'HEPTAGRAMME.
DANS L'ÂYURVEDA, LE SOLEIL DIFFUSE SEPT RAYONS, CORRESPONDANT À CHACUNE DES FORCES OCCULTES.
SEPT POINTS DANS LE CHAKRA. SEPT PÉCHÉS CAPITAUX.
LA BÊTE BIBLIQUE A SEPT TÊTES. LES SEPT ARCHANGES DE L'ANCIEN TESTAMENT.
LE SEPT MAJEUR, LES MAÎTRES DE LA MAGIE BRITANNIQUES.
ET LE SEPT MINEUR, LES DÉTECTIVES OCCULTES.
ME GONFLE PAS AVEC ÇA...
OÙ EST TA PARTIE DU SIGSAND ?
LE DÉCHIREMENT DE L'HYMEN, LA PÉNÉTRATION DE LA RÉALITÉ DANS UNE AUTRE.
MAIS PAS SANS TOUT LE LIVRE, C'EST IMPOSSIBLE.
MON CUL...
ET ÇA, C'EST À TA MÈRE, ALORS ?

TA MÈRE A
L'AIR SÉVÈRE,
FISTON.

VIENS GOÛTER, WILLIAM.

T'AS PAS PU RÉSISTER, HEIN ? MÊME COUPÉ EN SIX, CERTAINS RITES ET PASSAGES ÉTAIENT INTACTS.
IL A FALLU QUE T'ESSAYES.
JE CROIS QU'ON SAIT TOUS LES DEUX QUE CETTE CHOSE EST PAS TA MÈRE.
LE CERCLE EXTÉRIEUR. LA ZONE QU'ON N'AVAIT JAMAIS ATTEINTE.
UN TOUT NOUVEAU PLAN ÉTHÉRIQUE DE RÉALITÉ.
TU NE SAIS PAS COMMENT EST LE CERCLE EXTÉRIEUR, GRAVEL.
TU NE L'AS PAS VU. C'EST PRESQUE PARADISIAQUE.
ELLE EST LA CHOSE LA PLUS PROCHE DE DIEU QUE J'AIE VUE. ELLE IRRADIE D'AMOUR.
TOUTE CHOSE DANS LE CERCLE EXTÉRIEUR NE SUBSISTE QUE POUR SON AMOUR.
J'AMENAIS DES CHOCOLATS ET QUATRE BOUTEILLES DE BIÈRE À MA MÈRE QUAND J'ÉTAIS EN PERM.
JE CROIS PAS QU'ELLE M'AURAIT FAIT DES CÂLINS ET UNE TASSE DE THÉ...
... SI JE LUI AVAIS RAMENÉ UNE FILLE MORTE À SE METTRE SOUS LA DENT.
IL FAUT BIEN SE NOURRIR, GRAVEL.
OÙ EST LE SIGSAND ?
VIENS GOÛTER.

SAIS-TU ENCORE QUI JE SUIS ?
TU ES LE MAGICIEN SOLDAT. T'ES QU'UNE MERDE D'IMPOSTEUR NÉ DANS UN H.L.M. QUI S'EST FAIT SA PLACE PAR LA MENACE DANS LE SEPT MINEUR.
UNE BRUTE À DEMI ILLETTRÉE.
TU ÉTAIS... TU ES INSIGNIFIANT.
ON A FAIT UNE FÊTE POUR TA MORT.
SON AMOUR EST INCONDITIONNEL.
ON S'Y ÉPANOUIT.

D'ACCORD.

JE BLUFFAIS, TU SAIS. JUSTE POUR AVOIR DES INFOS ! JE SAIS OÙ T'AS CACHÉ LE SIGGAND.
JE LE PRENDS ET JE TE LAISSE LÀ.
NON !
ME LE PRENDS PAS !
J'ARRIVE PAS À CROIRE QUE T'AIES MARCHÉ...
UNE TRONCHE COMME TOI.

JE T'EN PRIE... SANS SON LAIT, JE MEURS...
CASSE-TOI...
ET VOILÀ LE VIEUX SORT...
TU SAIS QUE T'AS RIEN À FAIRE LÀ, "MAMAN"...

ALORS RETOURNE D'OÙ TU VIENS.

CHIRR-CHIRR!!
CHIRR-CHIRR!!
OUAIS ?
DEUX SUR SEPT DE TOMBÉS...
UN SUR SIX DE RETROUVÉ.
"QUE DE NOMBRES MAGIQUES.
"IL FAUT PASSER AU PROCHAIN SUR LA LISTE."
CLIC

GRAVEL

CHAPITRE 3

LES ÉCURIES DE LA MORT

GRAVEL™
nº7

BRIGHTON, SUD DE L'ANGLETERRE.
"PARFOIS JE M'Y IMAGINE ET JE ME DEMANDE CE QUE ÇA FAIT.
"ENTASSÉ DANS LE TRAIN TOUS LES MATINS, PIÉTINER DANS UN BUREAU DE CINQ À SEPT.
"CHAQUE JOUR IDENTIQUE AU PRÉCÉDENT. BOSSER, DORMIR, MANGER ET FINALEMENT MOURIR...
"ET S'EN SATISFAIRE PLEINEMENT.
SHHHHH... HHHHHHHH.... AHHHHHH..... HHHHSSS... SSSS... ONE...
SSSSHHHH.... AHHHH..... SSSS.... HHHHHHHH.... AHHHH.... HHSSSS...
"PAS DE VOIX D'OUTRE-TOMBE.
"PAS DE FANTÔMES D'AMIS ET D'ENNEMIS MORTS ET ENTERRÉS QUI DÉBARQUENT COMME POUR PRENDRE LE THÉ.
"SE LAVER DE LA CRASSE ET DE LA SUIE LONDONIENNES TOUS LES SOIRS...
"... PLUTÔT QUE DU SANG D'UN CONNARD QUI L'AVAIT CHERCHÉ.
SSSHHHH.... AHHHH..... SSSS.... HHHHHHH.... AHHHH.... HHSSSS...
SSSSHHHH.... SSSSS..... SSSS.... HHHHHHH.... AHHHH.... HHSSSS.
"UNE QUELCONQUE MERDE QUE J'AI TUÉE DE MES MAINS.
"C'EST COMMENT, LE ROMANTISME À LA CON DE VIEILLIR AVEC QUELQU'UN..."

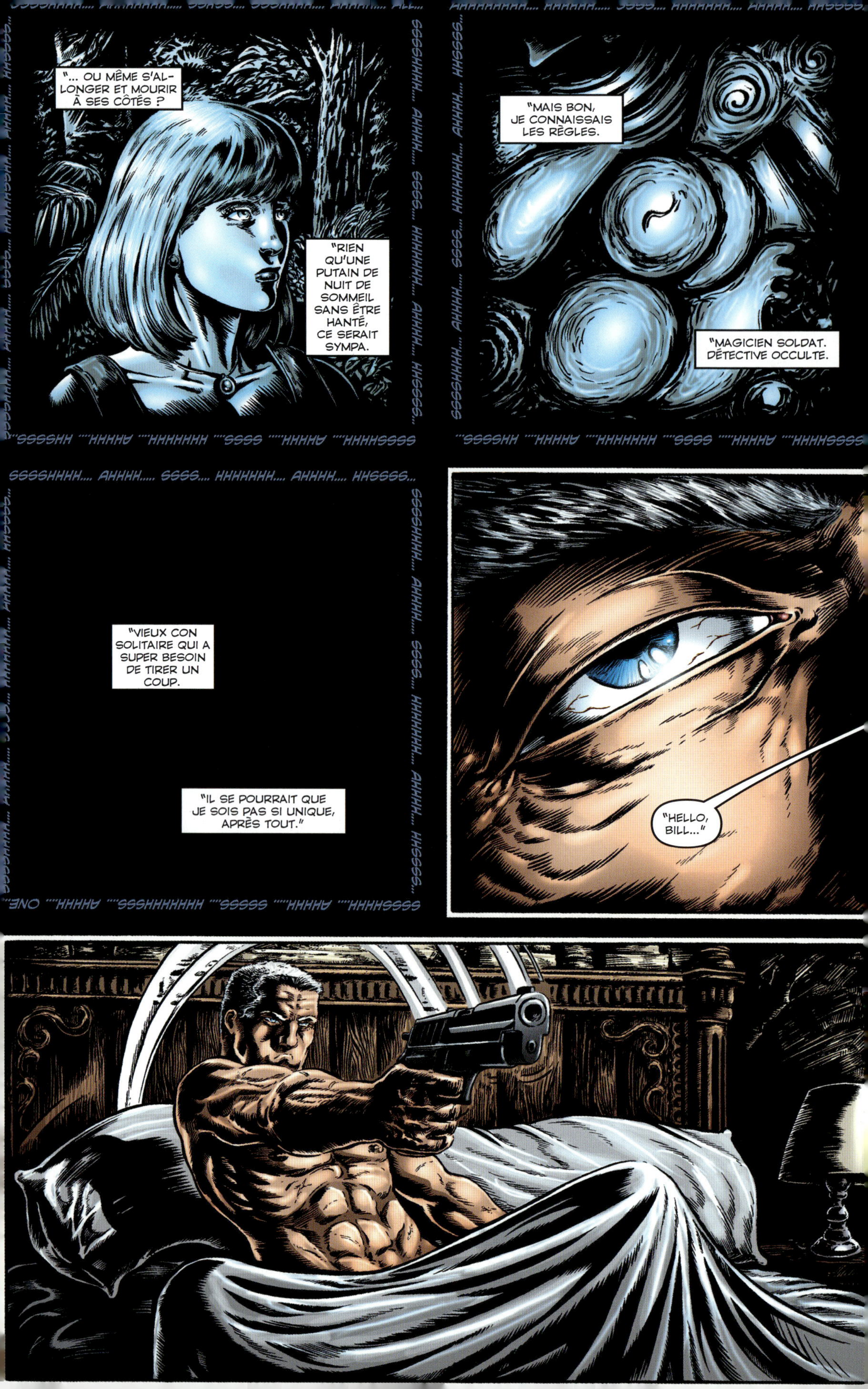

"... OU MÊME S'AL-LONGER ET MOURIR À SES CÔTÉS ?
"RIEN QU'UNE PUTAIN DE NUIT DE SOMMEIL SANS ÊTRE HANTÉ, CE SERAIT SYMPA.
"MAIS BON, JE CONNAISSAIS LES RÈGLES.
"MAGICIEN SOLDAT. DÉTECTIVE OCCULTE.
SSSSHHHH.... AHHHH..... SSSS.... HHHHHHHH.... AHHHH.... HHSSSS...
"VIEUX CON SOLITAIRE QUI A SUPER BESOIN DE TIRER UN COUP.
"IL SE POURRAIT QUE JE SOIS PAS SI UNIQUE, APRÈS TOUT."
"HELLO, BILL..."

SALUT, JOANNA.
BON.
L'ÉRUDIT, JEROME DE MONTFAULT ET LE MIGNON, SIMON SHIRANIAN. DEUX DU SEPT MINEUR, MORTS.
T'AS ÉTÉ TRÈS OCCUPÉ CES DERNIERS JOURS.
SI TU ES VENU À BRIGHTON POUR ME TUER...
... TU SAIS DÉJÀ QUE L'INTIMIDANT PÉNIS D'ACIER QUE TU TIENS NE PEUT RIEN ME FAIRE SOUS CETTE FORME.

PFF.
"MAGIE DE COMBAT."
QUEL GÂCHIS, BILLY.

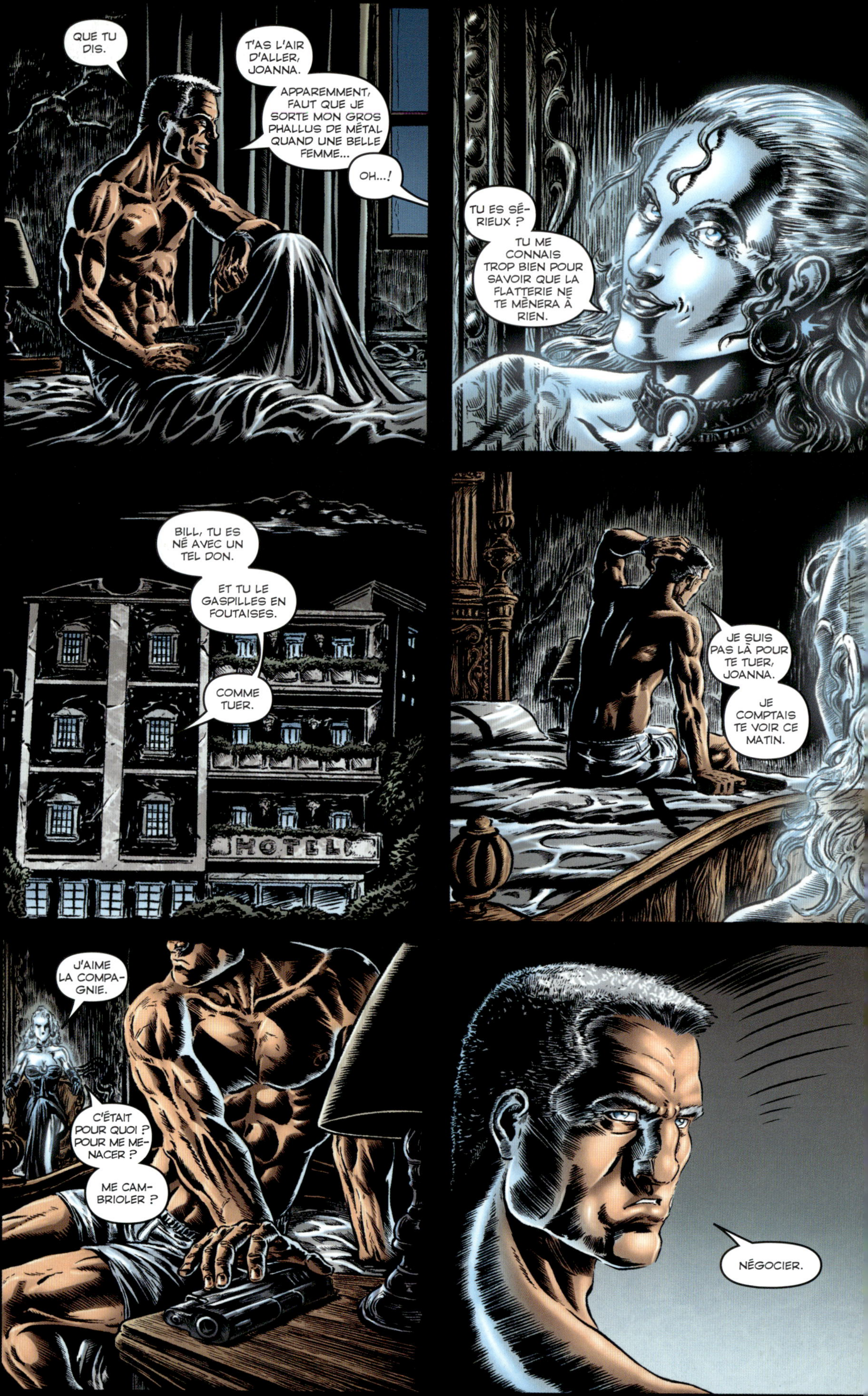
QUE TU DIS.
T'AS L'AIR D'ALLER, JOANNA.
APPAREMMENT, FAUT QUE JE SORTE MON GROS PHALLUS DE MÉTAL QUAND UNE BELLE FEMME...
OH...!
TU ES SÉRIEUX ?
TU ME CONNAIS TROP BIEN POUR SAVOIR QUE LA FLATTERIE NE TE MÈNERA À RIEN.
BILL, TU ES NÉ AVEC UN TEL DON.
ET TU LE GASPILLES EN FOUTAISES.
COMME TUER.
HOTEL
JE SUIS PAS LÀ POUR TE TUER, JOANNA.
JE COMPTAIS TE VOIR CE MATIN.
J'AIME LA COMPAGNIE.
C'ÉTAIT POUR QUOI ? POUR ME MENACER ?
ME CAMBRIOLER ?
NÉGOCIER.

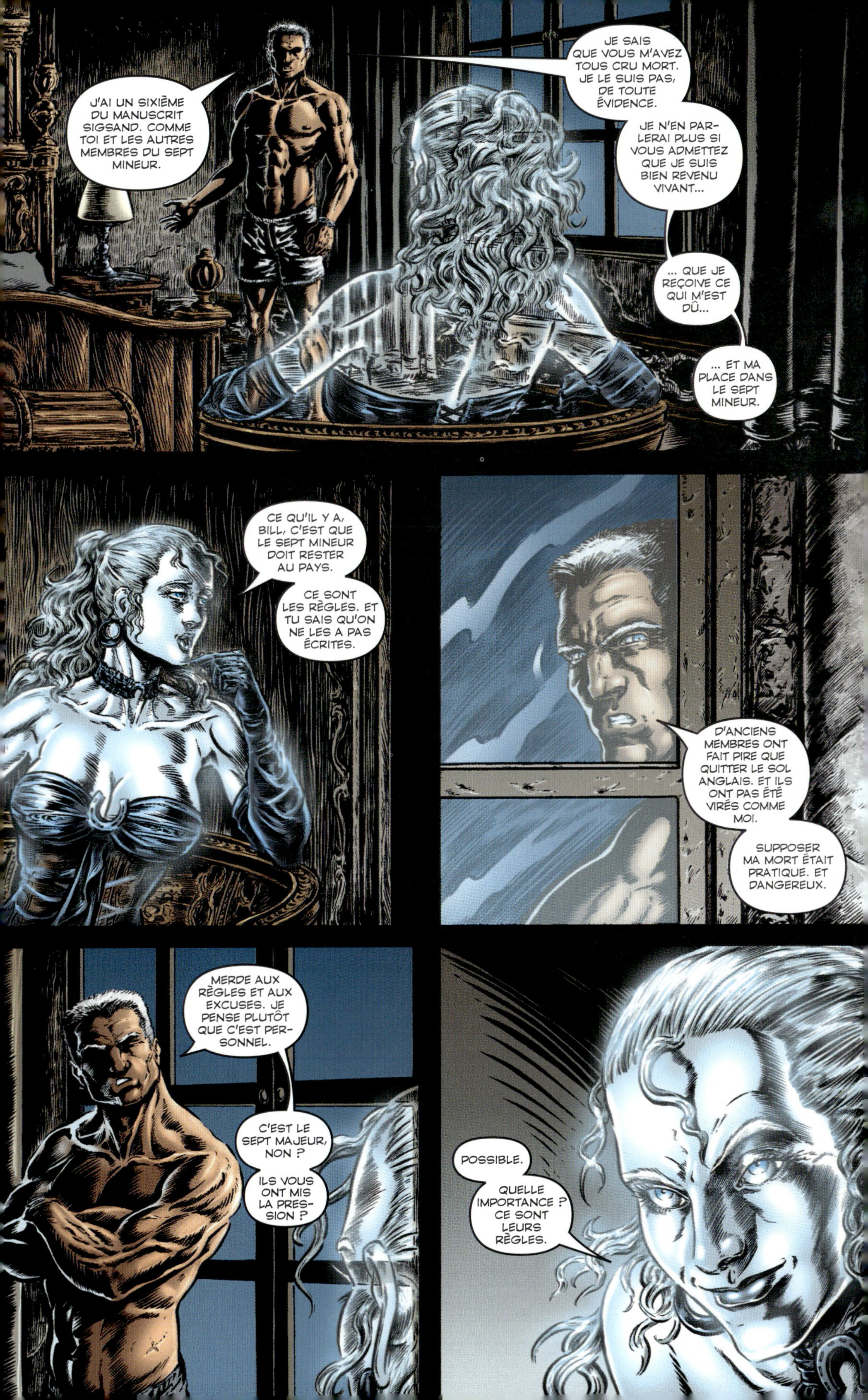
J'AI UN SIXIÈME DU MANUSCRIT SIGSAND. COMME TOI ET LES AUTRES MEMBRES DU SEPT MINEUR.
JE SAIS QUE VOUS M'AVEZ TOUS CRU MORT. JE LE SUIS PAS, DE TOUTE ÉVIDENCE.
JE N'EN PARLERAI PLUS SI VOUS ADMETTEZ QUE JE SUIS BIEN REVENU VIVANT...
... QUE JE REÇOIVE CE QUI M'EST DÛ...
... ET MA PLACE DANS LE SEPT MINEUR.
CE QU'IL Y A, BILL, C'EST QUE LE SEPT MINEUR DOIT RESTER AU PAYS.
CE SONT LES RÈGLES. ET TU SAIS QU'ON NE LES A PAS ÉCRITES.
D'ANCIENS MEMBRES ONT FAIT PIRE QUE QUITTER LE SOL ANGLAIS. ET ILS ONT PAS ÉTÉ VIRÉS COMME MOI.
SUPPOSER MA MORT ÉTAIT PRATIQUE. ET DANGEREUX.
MERDE AUX RÈGLES ET AUX EXCUSES. JE PENSE PLUTÔT QUE C'EST PERSONNEL.
C'EST LE SEPT MAJEUR, NON ?
ILS VOUS ONT MIS LA PRESSION ?
POSSIBLE.
QUELLE IMPORTANCE ? CE SONT LEURS RÈGLES.

IL Y A RIEN DANS CES PUTAINS DE RÈGLES SUR LA FAÇON DONT JE DOIS GAGNER MA CROÛTE.
JE SUIS SOLDAT, JE VAIS OÙ ON M'ENVOIE.
VOUS LE SAVEZ TOUS.
ÇA VA, TES CHEVAUX, JOANNA ?
OH, C'EST TRÈS GENTIL À TOI.
ILS VONT BIEN, MERCI.
T'AS TUÉ AVEC, RÉCEMMENT ?
OH, BILL.

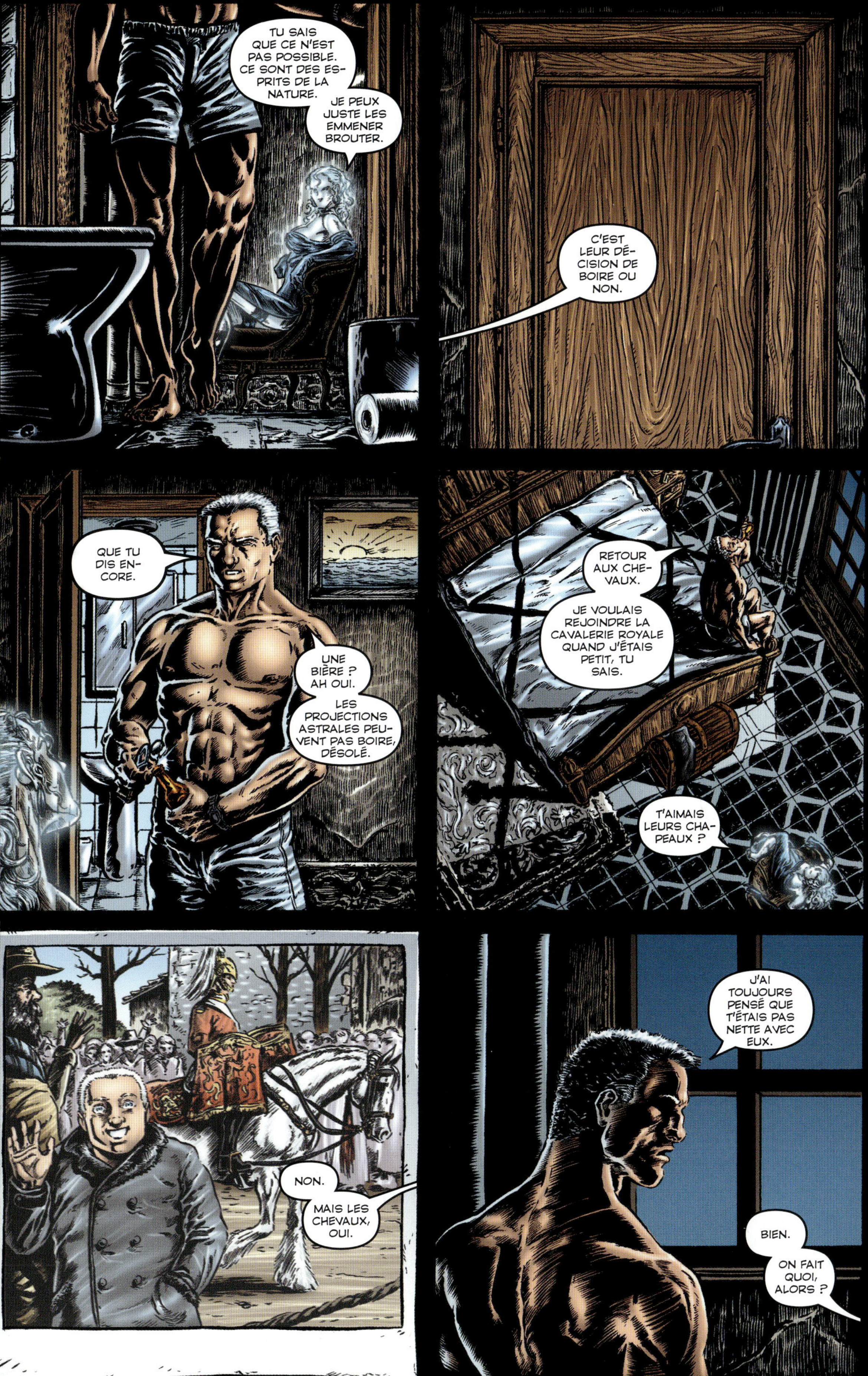
TU SAIS QUE CE N'EST PAS POSSIBLE. CE SONT DES ESPRITS DE LA NATURE.
JE PEUX JUSTE LES EMMENER BROUTER.
C'EST LEUR DÉCISION DE BOIRE OU NON.
QUE TU DIS ENCORE.
UNE BIÈRE ? AH OUI.
LES PROJECTIONS ASTRALES PEUVENT PAS BOIRE, DÉSOLÉ.
RETOUR AUX CHEVAUX.
JE VOULAIS REJOINDRE LA CAVALERIE ROYALE QUAND J'ÉTAIS PETIT, TU SAIS.
T'AIMAIS LEURS CHAPEAUX ?
NON.
MAIS LES CHEVAUX, OUI.
J'AI TOUJOURS PENSÉ QUE T'ÉTAIS PAS NETTE AVEC EUX.
BIEN.
ON FAIT QUOI, ALORS ?

TU AS TOUJOURS ÉTÉ LA PLUS RAISONNABLE DU SEPT MINEUR.
T'ES AIMÉE DE TOUS.
TU POURRAIS LES CONVAINCRE DE LAISSER PISSER.
MAIS IL Y A UN SOUCI.
ES-TU PRÊT À LÂCHER TA PARTIE DU SIGSAND ?
HEIN ?
LES AUTRES SONT INQUIETS, BILL.
DE CE QUE TU POURRAIS EN FAIRE.
TU TUES DES GENS POUR VIVRE. TU POURRAIS PROVOQUER UN CHAOS TOTAL EN DÉCOUVRANT QUE LE SIGSAND S'AVÈRE... "PRATIQUE" POUR TON TRAVAIL.
REGARDE CE QUE TU AS FAIT SANS.
ON EST AU COURANT DE TES EXPLOITS, MÊME CEUX QUE TU NIES.
VINGT-SEPT QUARTIERS DE MANHATTAN PULVÉRISÉS PAR UNE FORCE NON-IDENTIFIÉE. ET, PAR HASARD, QUI SE TROUVAIT EN VILLE POUR VOIR UN VIEUX CAMARADE ? TOI, BILL.
L'AVION DE COMBAT QUI S'EST ÉCRASÉ SUR LE PENTAGONE À WASHINGTON. DES FRAGMENTS DE QUATRE ANCIENS MEMBRES DE TON ÉQUIPE ONT ÉTÉ RETROUVÉS DANS LES DÉCOMBRES. HMM...
ET C'ÉTAIT JUSTE DE LA "MAGIE DE COMBAT".
JE SUIS SÛRE QUE TU COMPRENDS... L'APPRÉHENSION DU SEPT MINEUR.

POURQUOI MOI JE SERAIS UNE MENACE ? ET LES AUTRES ?
ILS PEUVENT TOUS FAIRE AUTANT DE DÉGÂTS QUE MOI.
ET TOI, JOANNA ?
JE N'AI MÊME PAS REGARDÉ MA PARTIE DU SIGSAND. JE L'AI MISE SOUS CLEF SANS HÉSITER.
MES CHEVAUX ME SUFFISENT.
ET LES AUTRES ? TU SAIS QU'AVEC LA SIENNE, DE MONTFAULT A PÉNÉTRÉ LE CERCLE EXTÉRIEUR ?
BIEN, C'EST UN ÉRUDIT.
JE L'AI TROUVÉ EN TRAIN DE SUCER LES MAMELLES D'UN PUTAIN DE MONSTRE QU'IL A TROUVÉ LÀ-BAS ET NOURRI AVEC DES GAMINES DU COIN.
TANT QUE CES GENS S'ENTÊTERONT À SE REPRODUIRE, CE GENRE DE CHOSES ARRIVERA.
AUCUN D'EUX N'A LA TÉLÉ ?
"CES GENS ?"
TU VEUX DIRE "LES PAUVRES", HEIN ?
NON, JE N'AI PAS ENVIE D'ENTENDRE TES INTERMINABLES JÉRÉMIADES GAUCHISTES.
PRENDS LE TRAIN CE MATIN ET RETOURNE DANS L'ARMÉE, NOUS N'EN DIRONS PLUS RIEN.

J'AI COMPRIS.
TU ES LA PLUS RAISONNABLE. ILS T'ONT ENVOYÉE ME PARLER.
ON A PENSÉ QUE JE SERAIS LA PROCHAINE. TU ES SI PRÉVISIBLE.
APRÈS AVOIR SU PAR SIMON POUR LE SIGSAND, TU ES D'ABORD ALLÉ VOIR DE MONTFAULT.
LE PLUS FAIBLE. LE GENRE DE TYPE QUE TU DEVAIS TABASSER À L'ÉCOLE.
J'ÉTAIS ÉVIDEMMENT LA PROCHAINE ÉTAPE DE TA TOURNÉE.
JE NE PARS PAS, JOANNA. JE VEUX RÉGLER ÇA.
OU QUOI ? TU VAS NOUS TUER ?
DÉJÀ QUE NOUS NE SOMMES PLUS SEPT. LES DÉGÂTS QUE CELA CAUSE À L'ÉQUILIBRE NATUREL...
JE M'EN FOUS.
JE VOIS. DÉSOLÉE, BILL.
J'AI DES INSTRUCTIONS

NON !!!
TUEZ-LE !!!
OUAIS, TU TUES PAS LES GENS.
VOUS ÊTES TOUS PAREILS.

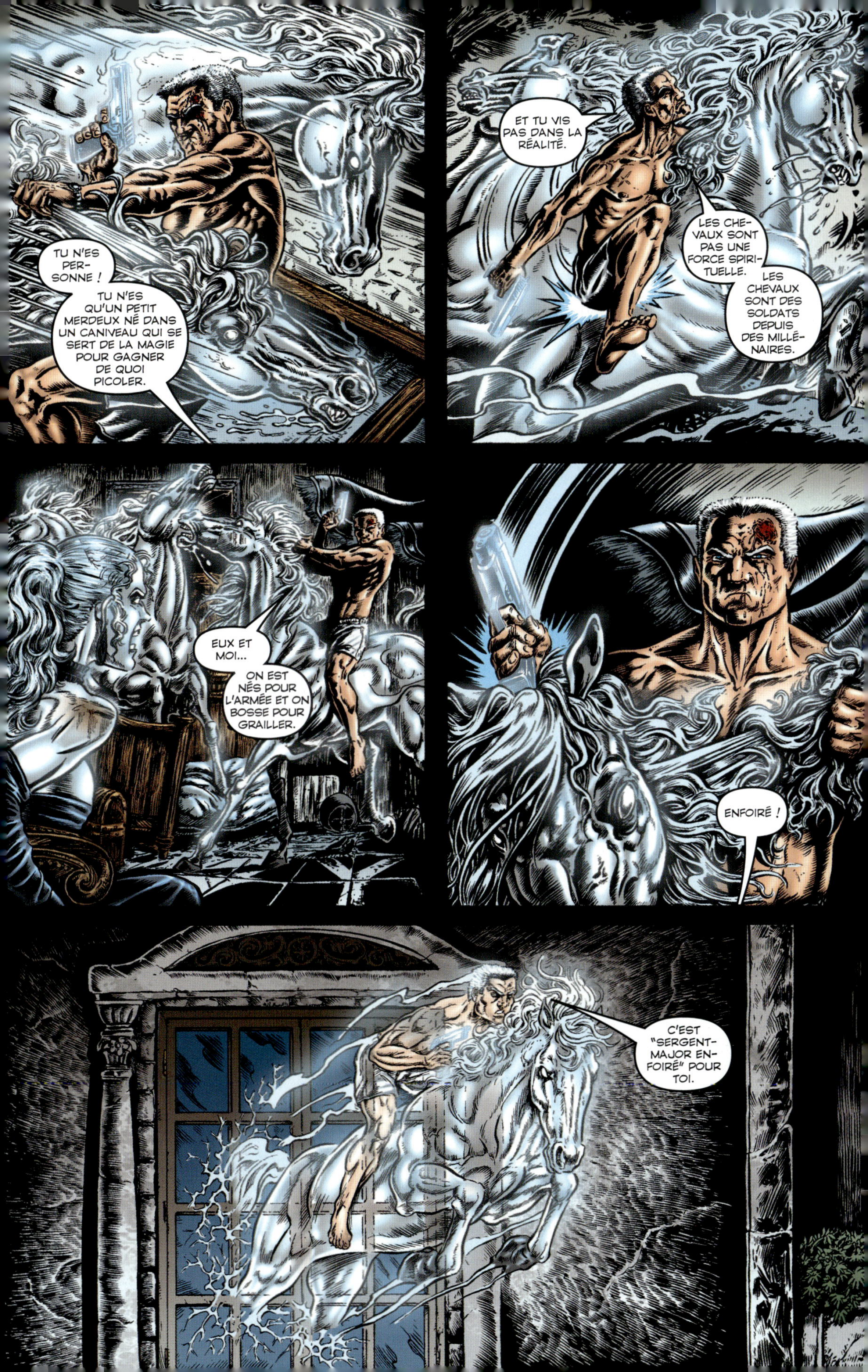
TU N'ES PER-SONNE !
TU N'ES QU'UN PETIT MERDEUX NÉ DANS UN CANIVEAU QUI SE SERT DE LA MAGIE POUR GAGNER DE QUOI PICOLER.
ET TU VIS PAS DANS LA RÉALITÉ.
LES CHE-VAUX SONT PAS UNE FORCE SPIRI-TUELLE.
LES CHEVAUX SONT DES SOLDATS DEPUIS DES MILLÉ-NAIRES.
EUX ET MOI...
ON EST NÉS POUR L'ARMÉE ET ON BOSSE POUR GRAILLER.
ENFOIRÉ !
C'EST "SERGENT-MAJOR EN-FOIRÉ" POUR TOI.

NON !!!

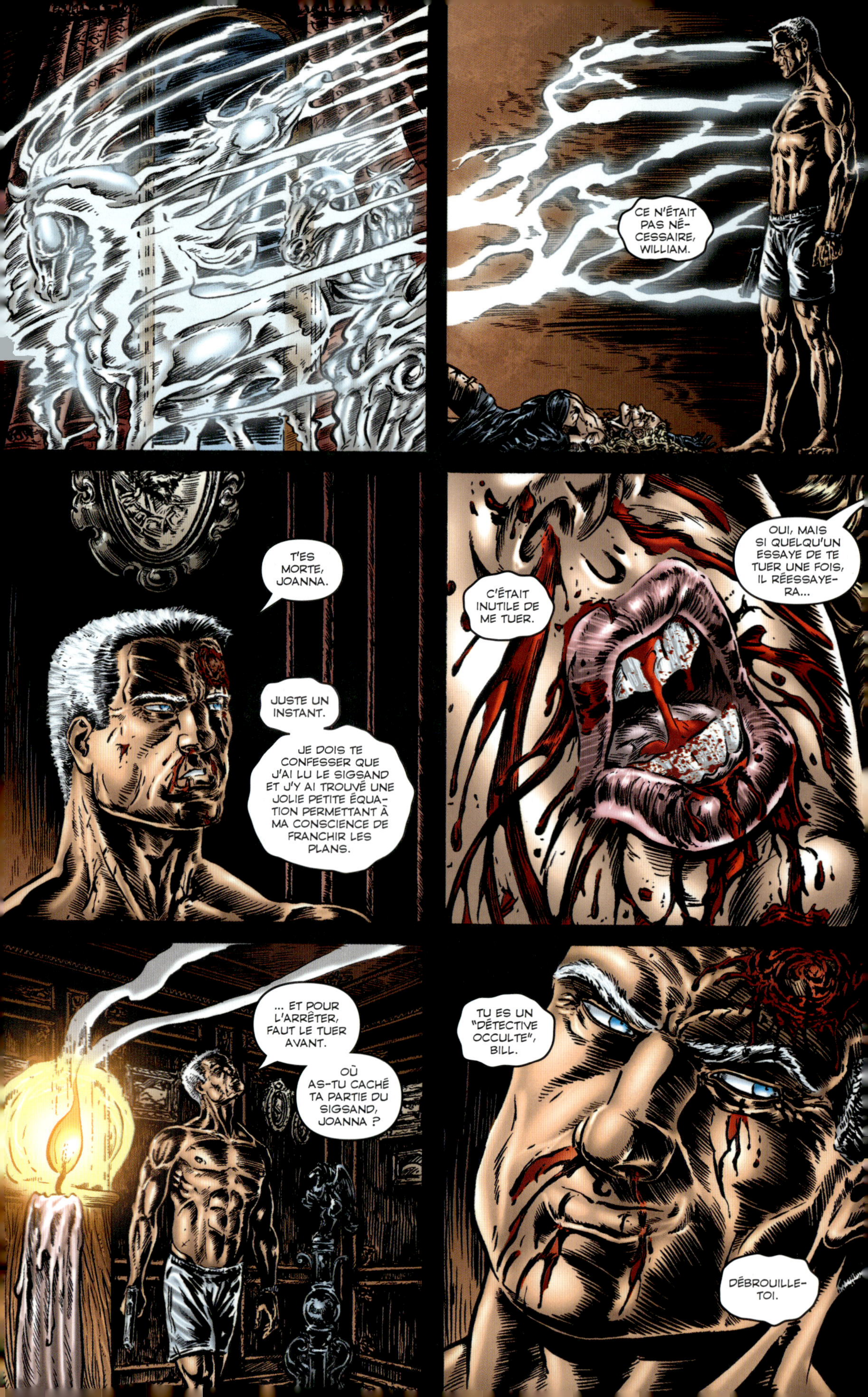

CE N'ÉTAIT PAS NÉ-CESSAIRE, WILLIAM.
T'ES MORTE, JOANNA.
JUSTE UN INSTANT.
JE DOIS TE CONFESSER QUE J'AI LU LE SIGSAND ET J'Y AI TROUVÉ UNE JOLIE PETITE ÉQUA-TION PERMETTANT À MA CONSCIENCE DE FRANCHIR LES PLANS.
C'ÉTAIT INUTILE DE ME TUER.
OUI, MAIS SI QUELQU'UN ESSAYE DE TE TUER UNE FOIS, IL RÉESSAYE-RA...
... ET POUR L'ARRÊTER, FAUT LE TUER AVANT.
OÙ AS-TU CACHÉ TA PARTIE DU SIGSAND, JOANNA ?
TU ES UN "DÉTECTIVE OCCULTE", BILL.
DÉBROUILLE-TOI.

CE N'EST PAS POUR LES GENS COMME TOI.
LE SIGSAND EST POUR LES AMBITIEUX...
CE QUE TU N'ES PAS.
TU ES DU GENRE À PÊCHER À LA DYNAMITE.
ET ON NE PEUT SE LE PERMETTRE. TU NOUS FAIS HONTE.
ON S'EN FOUT DE CE QUE J'EN FERAI.
JE VEUX JUSTE CE QUI ME RE-VIENT.
SI C'ÉTAIT VRAI, TU NE CHERCHERAIS PAS MA PARTIE.
TU AS DÉJÀ LA TIENNE.
TU AS TANT À AP-PRENDRE, BILL.
DE SIMPLES CHOSES, COMME ÉCOUTER CE QUE L'ON TE CHU-CHOTE.
MAIS LA SUBTILITÉ EST DENRÉE RARE DANS TON MI-LIEU, COMME TU LE SAIS DÉJÀ.

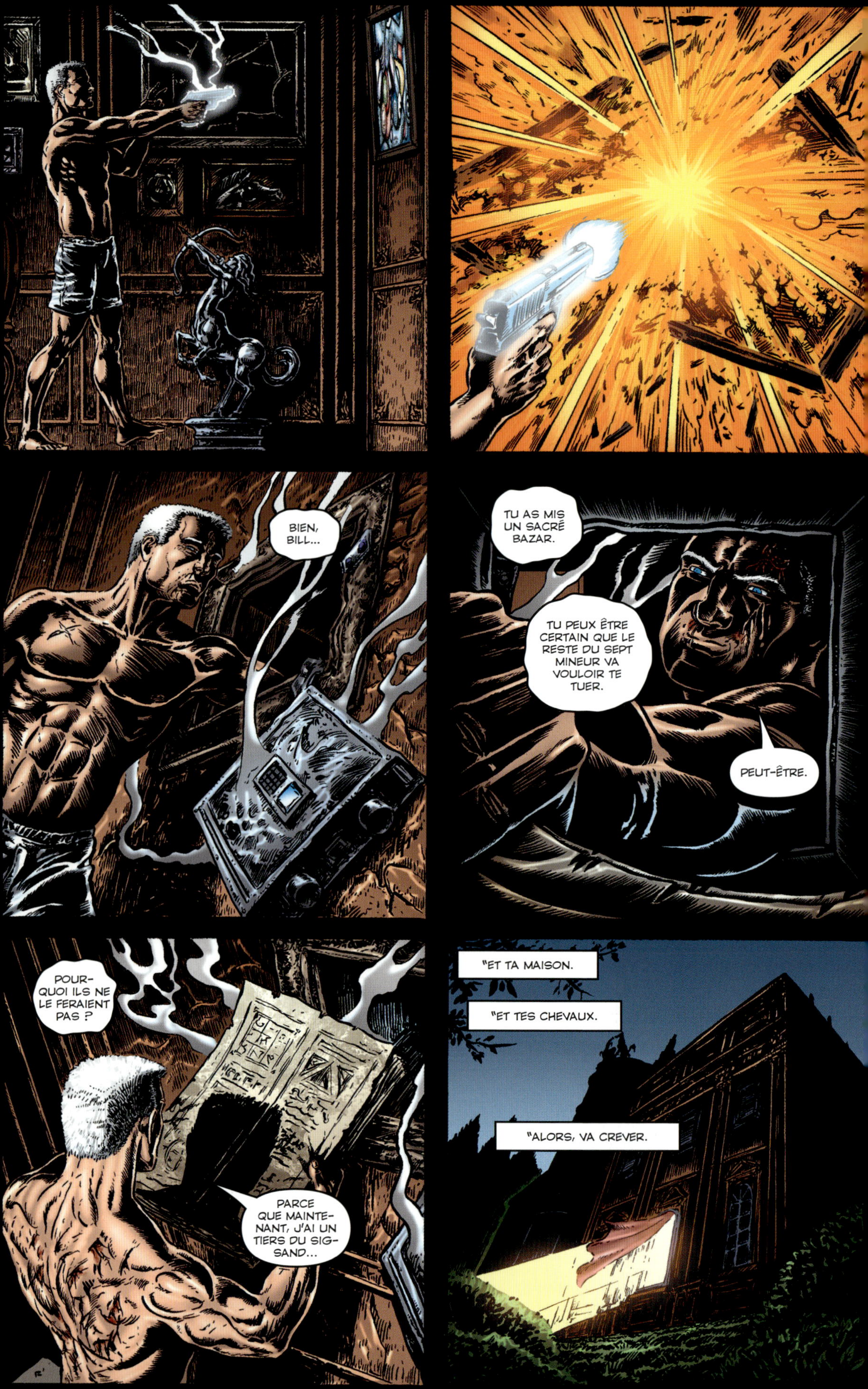
BIEN, BILL...
TU AS MIS UN SACRÉ BAZAR.
TU PEUX ÊTRE CERTAIN QUE LE RESTE DU SEPT MINEUR VA VOULOIR TE TUER.
PEUT-ÊTRE.
POURQUOI ILS NE LE FERAIENT PAS ?
PARCE QUE MAINTENANT, J'AI UN TIERS DU SIGSAND...
"ET TA MAISON.
"ET TES CHEVAUX.
"ALORS, VA CREVER.

GRAVEL™

CHAPITRE 4

À ILKLEY MOOR, SANS CAPÉ

GRAVEL

"FAUT RECONNAÎTRE QUE MA MÈRE A FAIT DU MIEUX QU'ELLE A PU, ESSAYANT DE M'APPRENDRE LA COMPASSION QUAND LE VIEUX AVAIT LE DOS TOURNÉ...
"... POUR ÉVITER AUTANT QUE POSSIBLE QUE JE SUIVE SES TRACES.
"ELLE DISAIT SOUVENT QUE, PARFOIS, IL FALLAIT LAISSER COULER, MÊME SI TON CŒUR ET TA TÊTE TE DISAIENT LE CONTRAIRE.
"TOUT DANS LA VIE N'IMPLIQUE PAS UNE SOLUTION RADICALE QUI N'ARRANGE QUE TOI...
"... MAIS TOUT SE PAYE SI TU ES SUFFISAMMENT PATIENT.
"MAIS ELLE SAVAIT QUE C'ÉTAIT PEINE PERDUE. LES GÈNES PATERNELS ÉTAIENT INCURABLES.
"PAS QUE C'ÉTAIT LE MAUVAIS GARS. C'EST JUSTE QU'ELLE VOULAIT PAS QUE SON PETIT WILLIAM VIVE UNE VIE COURTE ET TORTUEUSE, PLEINE DE NOIRCEUR ET DE SECRETS...
"... ET DE PUTAIN DE MAGIE.
7
"J'ÉTAIS ENCORE À L'ÉCOLE PRIMAIRE LORS DE SA DERNIÈRE DISPARITION.
"DE RETOUR DE L'ÉCOLE, 214 MARCHES POUR MONTER AU 7ÈME ÉTAGE DE NOTRE H.L.M.
"CET APRÈS-MIDI-LÀ, J'AI VU DANS SES YEUX QUE LUI, ON NE LE REVERRAIT PLUS...
"... ET ELLE SAVAIT QU'IL Y AVAIT RIEN À FAIRE POUR M'EMPÊCHER DE SUIVRE LE MÊME CHEMIN.
"MÊME PAS HUIT ANS ET JE LE SAVAIS AUSSI.
"ELLE A EFFACÉ TOUTE TRACE DE SON EXISTENCE AUTOUR DE NOUS, À PART L'ÉCUSSON BRODÉ QU'IL M'AVAIT DONNÉ ET QUE J'AVAIS CACHÉ. CELUI AVEC LE PARACHUTE ET LES AILES D'OISEAU.
FORCES SPÉCIALES
"IL M'AVAIT DIT QU'ON NE POUVAIT VOIR QUE LES MOTS 'FORCES SPÉCIALES' DESSUS.
"MAIS PAPA SAVAIT QUE JE POUVAIS CLAIREMENT LIRE LES AUTRES MOTS, VISIBLES SEULEMENT SI ON A LE DON...
FORCES SPÉCIALES
MAGICIEN SOLDAT
"... COMME MOI.

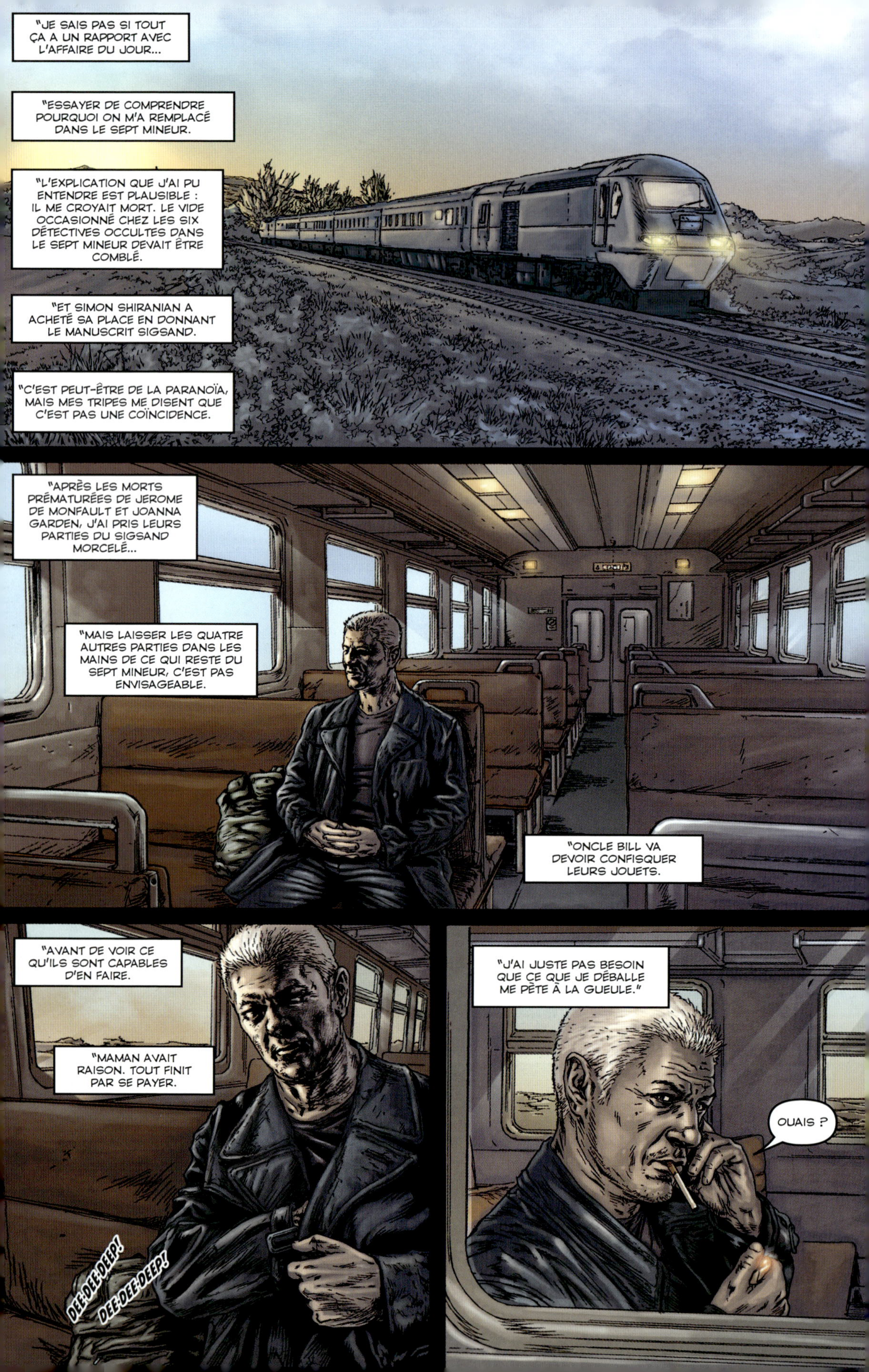
"JE SAIS PAS SI TOUT ÇA A UN RAPPORT AVEC L'AFFAIRE DU JOUR...
"ESSAYER DE COMPRENDRE POURQUOI ON M'A REMPLACÉ DANS LE SEPT MINEUR.
"L'EXPLICATION QUE J'AI PU ENTENDRE EST PLAUSIBLE : IL ME CROYAIT MORT. LE VIDE OCCASIONNÉ CHEZ LES SIX DÉTECTIVES OCCULTES DANS LE SEPT MINEUR DEVAIT ÊTRE COMBLÉ.
"ET SIMON SHIRANIAN A ACHETÉ SA PLACE EN DONNANT LE MANUSCRIT SIGSAND.
"C'EST PEUT-ÊTRE DE LA PARANOÏA, MAIS MES TRIPES ME DISENT QUE C'EST PAS UNE COÏNCIDENCE.
"APRÈS LES MORTS PRÉMATURÉES DE JEROME DE MONFAULT ET JOANNA GARDEN, J'AI PRIS LEURS PARTIES DU SIGSAND MORCELÉ...
"MAIS LAISSER LES QUATRE AUTRES PARTIES DANS LES MAINS DE CE QUI RESTE DU SEPT MINEUR, C'EST PAS ENVISAGEABLE.
"ONCLE BILL VA DEVOIR CONFISQUER LEURS JOUETS.
"AVANT DE VOIR CE QU'ILS SONT CAPABLES D'EN FAIRE.
"MAMAN AVAIT RAISON. TOUT FINIT PAR SE PAYER.
DEE-DEE-DEEP!
DEE-DEE-DEEP!
"J'AI JUSTE PAS BESOIN QUE CE QUE JE DÉBALLE ME PÈTE À LA GUEULE."
OUAIS ?

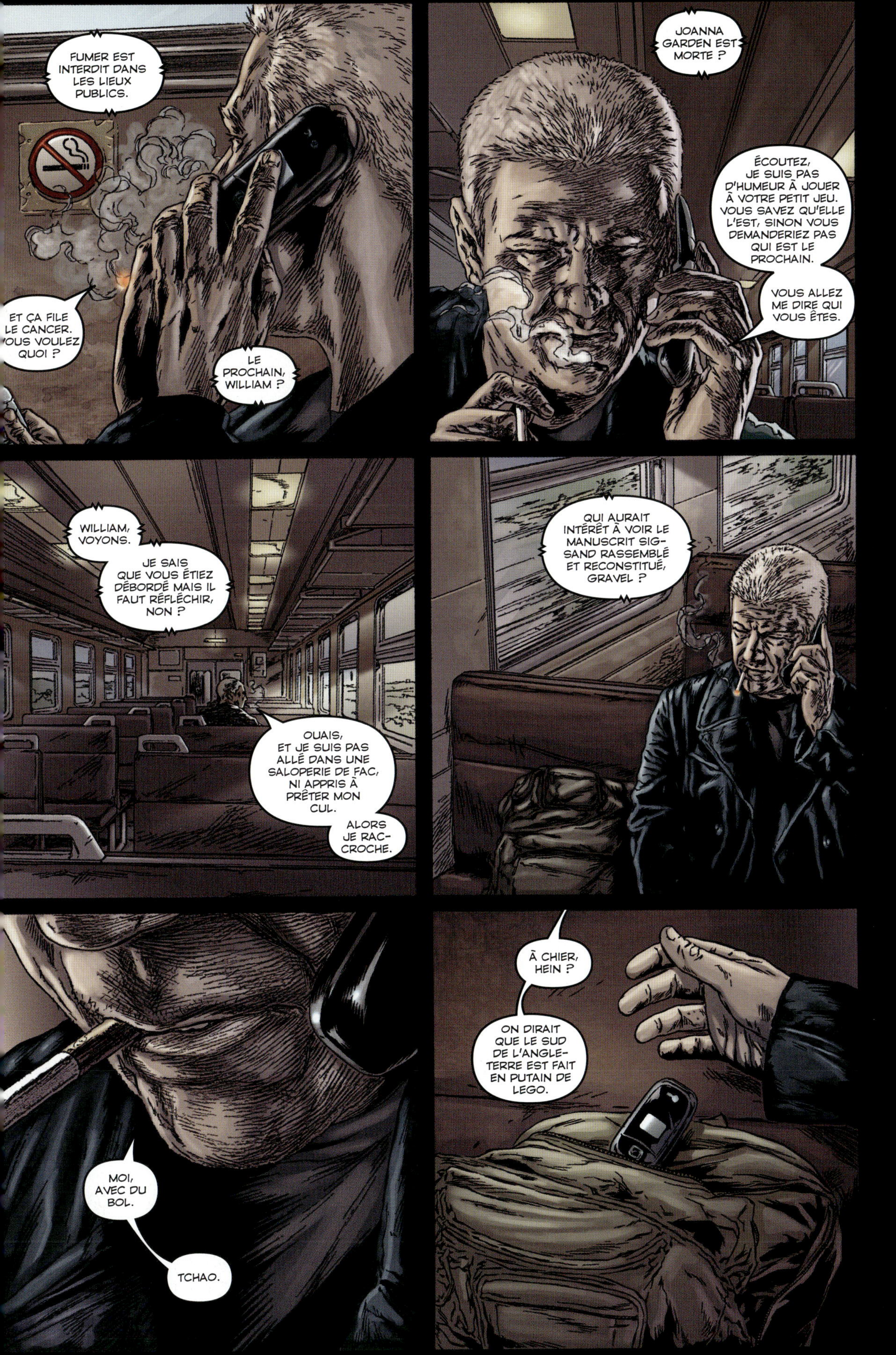
FUMER EST INTERDIT DANS LES LIEUX PUBLICS.
ET ÇA FILE LE CANCER. VOUS VOULEZ QUOI ?
LE PROCHAIN, WILLIAM ?
JOANNA GARDEN EST MORTE ?
ÉCOUTEZ, JE SUIS PAS D'HUMEUR À JOUER À VOTRE PETIT JEU. VOUS SAVEZ QU'ELLE L'EST, SINON VOUS DEMANDERIEZ PAS QUI EST LE PROCHAIN.
VOUS ALLEZ ME DIRE QUI VOUS ÊTES.
WILLIAM, VOYONS.
JE SAIS QUE VOUS ÊTIEZ DÉBORDÉ MAIS IL FAUT RÉFLÉCHIR, NON ?
OUAIS, ET JE SUIS PAS ALLÉ DANS UNE SALOPERIE DE FAC, NI APPRIS À PRÊTER MON CUL.
ALORS JE RACCROCHE.
QUI AURAIT INTÉRÊT À VOIR LE MANUSCRIT SIGSAND RASSEMBLÉ ET RECONSTITUÉ, GRAVEL ?
MOI, AVEC DU BOL.
TCHAO.
À CHIER, HEIN ?
ON DIRAIT QUE LE SUD DE L'ANGLETERRE EST FAIT EN PUTAIN DE LEGO.

AHH, JE SAIS PAS.
JE VEUX DIRE, C'EST QUAND MÊME MIEUX QUE LE NORD, ICI, NON ?
... MERDE...
SYKES.
OUAIP, C'EST SYKES.
JE ME SUIS DIT QU'IL ÉTAIT TEMPS QU'ON CAUSE, BILL.

PARLER ?
OU ENCORE ESSAYER DE ME TUER ?
NAN, JE N'AI RIEN CONTRE TOI, WILLIAM GRAVEL.
ALORS LAISSE TON ARME OÙ ELLE EST.
JE VEUX PARLER.
MAIS PAS ICI.
ÇA M'IRRITE LES BIJOUX DE FAMILLE DÈS QUE JE DÉPASSE WATFORD GAP.
VIENS AU YORKSHIRE AVEC MOI.
BEN, T'ES LÀ MAINTE-NANT.
ON VA AU WAGON-RESTAU-RANT, ON PREND DES PINTES ET ON PARLE...
MMM. NON.
ON VA AU YORKSHIRE, HMM ?

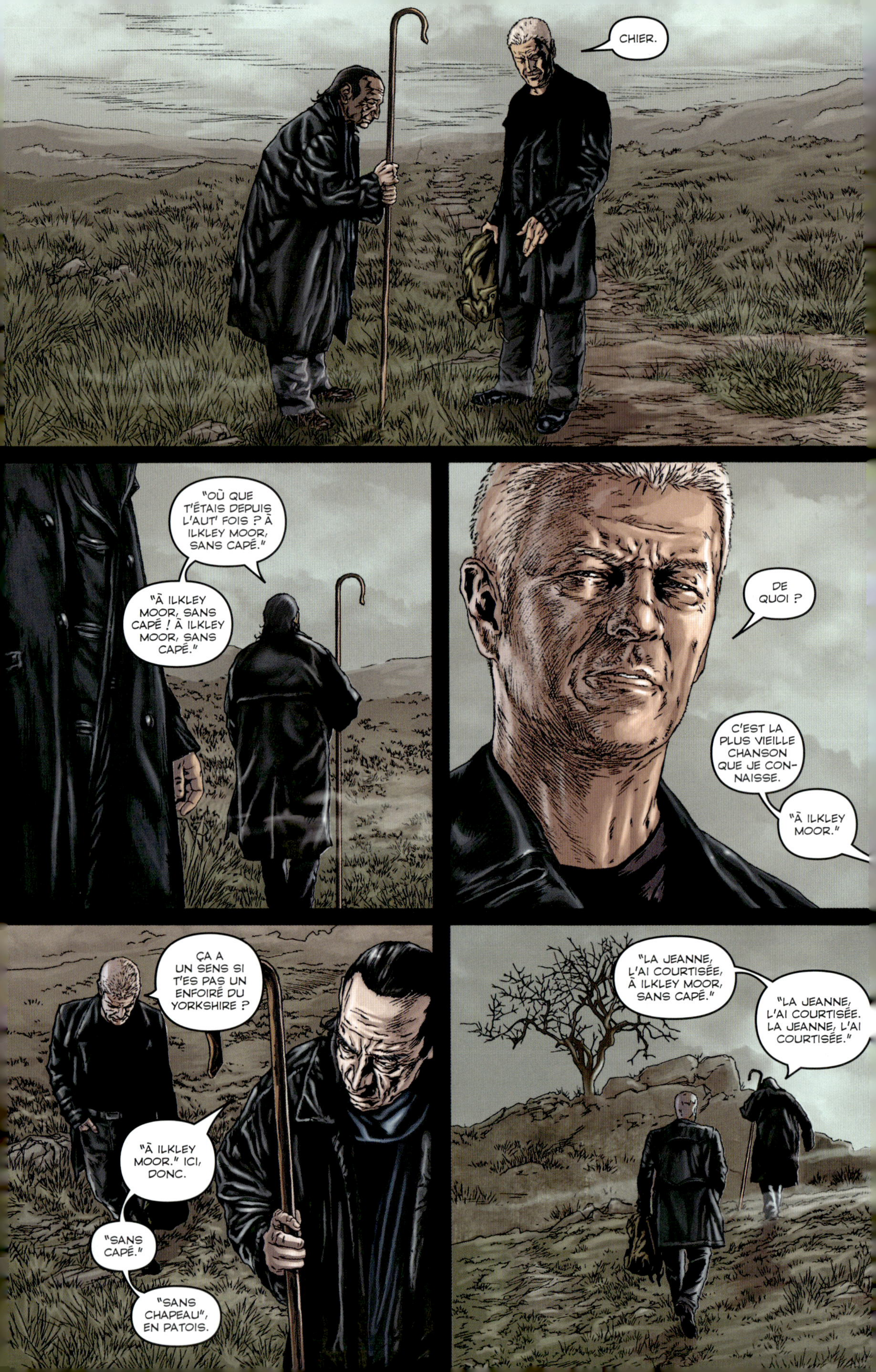
CHIER.
"OÙ QUE T'ÉTAIS DEPUIS L'AUT' FOIS ? À ILKLEY MOOR, SANS CAPÉ."
"À ILKLEY MOOR, SANS CAPÉ ! À ILKLEY MOOR, SANS CAPÉ."
DE QUOI ?
C'EST LA PLUS VIEILLE CHANSON QUE JE CONNAISSE.
"À ILKLEY MOOR."
ÇA A UN SENS SI T'ES PAS UN ENFOIRÉ DU YORKSHIRE ?
"À ILKLEY MOOR." ICI, DONC.
"SANS CAPÉ."
"SANS CHAPEAU", EN PATOIS.
"LA JEANNE, L'AI COURTISÉE, À ILKLEY MOOR, SANS CAPÉ."
"LA JEANNE, L'AI COURTISÉE. LA JEANNE, L'AI COURTISÉE."

ET ME VOILÀ DANS CE CHAMP, SANS CHAPEAU, MÊME SI J'AI PLUS L'ÂGE DE FAIRE LA COUR.
TU SAIS COMMENT J'AI DÉBUTÉ, BILL ?
JE SAIS QUE TU ES LE DOYEN DU SEPT MINEUR.
TU M'EN AS BEAUCOUP DIT QUAND TU M'AS FAIT ENTRER CHEZ LES SEPT MAIS ÇA, NON.
JE N'AI PAS JUGÉ BON DE TE LE DIRE, VU QUE TU ES PLUS UNE BÊTE QU'UN HOMME, LE CERVEAU PLEIN DE BIÈRE ET DE FRITES.
C'ÉTAIT EN 1910 ET CES MESSIEURS ME TROUVAIENT IN-CROYABLEMENT BEAU.
J'AVAIS DIX-HUIT ANS ET ÊTRE HOMO ALORS, C'ÉTAIT ÉTRANGE ET SPÉCIAL. ÇA ME PLAISAIT.
ET J'AVAIS UN AMI QUI FAISAIT PARTIE D'UN CERCLE...
"LES AMIS DE THOMAS CARNACKI.
"C'EST EN 1910 QUE J'AI APPRIS POUR LE MANUSCRIT SIGSAND, LÀ, DANS LE SALON DE M. CARNACKI.

"IL SENTAIT UN PEU, M. CARNACKI.
"IL SENTAIT LE PRODUIT CHIMIQUE, L'OZONE ET LA CHAIR QUI POURRIT.
"MAIS, ASSIS SI JEUNE DANS L'UN DE SES GRANDS FAUTEUILS EN CUIR AVEC LES PLUS GRANDS DÉTECTIVES OCCULTES D'ANGLE-TERRE, JE M'EN FICHAIS.
"CES SOIRÉES-LÀ, TU VOIS, SES AMIS ÉTAIENT INVITÉS À DÎNER...
"... ET APRÈS, DANS LA FUMÉE, CARNACKI NOUS CONTAIT SA DERNIÈRE AFFAIRE..."
... LORSQUE JE SUIS ARRIVÉ DEVANT LA PORTE, J'AI CHERCHÉ LA CLEF DANS MA POCHE ET J'AI ALORS RESSENTI UN ÉTRANGE MALAISE.
MAIS BATTRE EN RE-TRAITE N'ÉTAIT PAS ENVISA-GEABLE.
J'AI PRIS LA CLEF ET OUVERT LA PORTE.

J'AI POUSSÉ LA PORTE AVEC MON PIED, COMME L'AURAIT FAIT TASSOC...
... ET J'AI SORTI MON REVOLVER, PENSANT NE PAS AVOIR À M'EN SERVIR.
J'AI BALAYÉ LA PIÈCE AVEC MA LAMPE DE POCHE.
... ET JE SUIS ENTRÉ AVEC L'HORRIBLE SENSATION DE ME JETER DANS LA GUEULE DU LOUP.
LA PIÈCE ÉTAIT REMPLIE D'UN ABOMINABLE SILENCE.
POUVEZ-VOUS COMPRENDRE ÇA ?
UN SILENCE PAS INNOCENT, AUSSI MENAÇANT QUE LES BRUITS AFFREUX QUE CES CHOSES PEUVENT FAIRE...
VOUS VOUS SOUVENEZ DE CE QUE JE VOUS AI DIT SUR LE "JARDIN SILENCIEUX" ?
IL Y AVAIT LE MÊME SILENCE MALVEILLANT DANS CETTE PIÈCE...

J'AI SCELLÉ LES DEUX FE-NÊTRES AVEC DES MÈCHES DE CHE-VEUX, DE PART EN PART...
... ET SCELLÉ CHAQUE CARREAU.
ALORS QUE JE M'AFFAIRAIS, UNE TENSION PER-CEPTIBLE A ENVAHI TOUTE LA PIÈCE...
... ET LE SI-LENCE SEM-BLA....
... SI VOUS ME COMPRE-NEZ...
... DEVENIR SOLIDE.
JE SAVAIS QUE JE N'AVAIS RIEN À FAIRE LÀ SANS "PROTECTION TOTALE". MAIS J'ÉTAIS CERTAIN QUE CE N'ÉTAIT PAS UNE MANIFESTATION AEIIRII...
... MAIS L'UNE DES PIRES FORMES, TEL QUE LE SAIITII. COMME L'AFFAIRE DU VERRAT...

ET ALORS QUE J'ALLAIS EN TERMINER, UN SIFFLEMENT MO-QUEUR ENVAHIT LA PIÈCE.
UN FRISSON NERVEUX ME PAR-COURUT L'ÉCHINE ET ME MONTA AU FRONT.
LE SON HIDEUX REMPLISSAIT LA SALLE, GROTESQUE ET SURNATURELLE PA-RODIE DE SIFFLEMENT HUMAIN...
TROP ÉNORME POUR UN HUMAIN...
... COMME S'IL VENAIT D'UNE CHOSE MONS-TRUEUSE ET GAR-GANTUESQUE.
JE SAVAIS QUE J'AVAIS AFFAIRE À L'UN DE CES CAS RARES ET HOR-RIBLES...
... OÙ L'INANIMÉ IMITE LA VIE.

JE PRIS LA LAMPE ET COURUS VERS LA PORTE...
... EN SURVEILLANT DERRIÈRE MOI...
... ET GUETTANT CE À QUOI JE M'ATTENDAIS.
C'EST ARRIVÉ QUAND J'AI ATTEINT LA POIGNÉE...
... UN CRISSEMENT DE COLÈRE MALÉFIQUE, PERÇANT À TRAVERS LE SIFFLEMENT AIGU.
JE SUIS SORTI D'UN BOND EN FERMANT DERRIÈRE MOI.

"IL N'Y A PAS DE SÉCURITÉ À QUÉRIR DANS LE SACRÉ, QUAND LE MONSTRE A LE POUVOIR DE PARLER PAR LA PIERRE ET LE BOIS."
C'EST CE QUI EST ÉCRIT DANS LE SIGSAND.
IL N'EXISTE AUCUNE PROTECTION CONTRE CETTE FORME PRÉCISE DE MONSTRE, À PART PENDANT UN TRÈS COURT INSTANT...
... LE TEMPS QU'IL SE REPRODUISE À L'INTÉRIEUR OU METTE À PROFIT LE MATÉRIEL CENSÉ NOUS EN PROTÉGER...
... ET IL PEUT "PRENDRE FORME DANS LE PENTACLE", BIEN QUE PAS IMMÉDIATEMENT.
IL EST ÉVIDEMMENT POSSIBLE D'UTILISER LA DERNIÈRE LIGNE INCONNUE DU RITUEL DE SAAAMAAA.
MAIS C'EST TROP INCERTAIN ET LA MENACE BIEN TROP HIDEUSE.
ET EN SUS, D'APRÈS LE SIGSAND, LA PROTECTION NE DURE PAS PLUS DE "CINQ BATTEMENTS DE PALPITANT".

DANS LA PIÈCE RÉGNAIT MAINTENANT UN SIFFLEMENT CONSTANT ET MÉDITATIF...

SI JE VEUX SAVOIR LE RESTE, J'IRAI SUR GOOGLE.
ALLEZ, C'EST REPARTI. SI TU VEUX ME FAIRE CROIRE QUE T'ES SÉNILE AVEC CE...
"J'VAIS BIEN M'ATTRAPER LA MORT, À ILK-LEY MOOR, SANS CAPÉ..."
TU COMPRENDS, BILL ? CARNACKI UTILISAIT LE MA-NUSCRIT SIGSAND POUR SE PROTÉ-GER.
QUEL MER-VEILLEUX LIVRE CE DOIT ÊTRE, JE PENSAIS.
IL A FALLU D'AUTRES SOIRÉES POUR QUE JE VOIE VRAIMENT CAR-NACKI.
UN HOMME FÉROCEMENT INTELLIGENT, UN ÉRUDIT TRÈS DOUÉ ET EN AVANCE SUR SON TEMPS.
IL S'EST PROTÉGÉ LUI ET LES AUTRES DES CERCLES EXTÉRIEURS AVEC DES PENTACLES ÉLEC-TRIQUES ! TU IMAGINES ?
IL A TROUVÉ UN MOYEN DE PHOTOGRA-PHIER LES MA-NIFESTATIONS, BON SANG.
C'ÉTAIT UN VRAI GÉNIE.
UNE FOIS EN CONFIAN-CE ?
IL VOUS LAISSAIT LIRE SES LIVRES.

PERSONNE NE SAVAIT À QUEL POINT J'ÉTAIS MALIN. LE JOLI PETIT SYKES DU YORKSHIRE, FILS DE BERGER COMPTANT ENCORE COMME UN BERGER DU YORKSHIRE.
MES AMIS ÉTAIENT CHARMÉS PAR UN HOMME QUI NE DISAIT PAS "UN, DEUX, TROIS" MAIS "YAN, TAN, TETHER."
"YAN, TAN, TETHER, METHER, PIP." NOS MOTS MAGIQUES POUR COMPTER LES MOUTONS.
SI UN GARÇON TROUVAIT ÇA MAGIQUE, AUCUN RISQUE À LE LAISSER LIRE LE MANUSCRIT SIGSAND.
ET JE L'AI FAIT. ET J'AI APPRIS, BILL, CE QU'AUCUN AUTRE DE SES AMIS NE SAVAIT.
CE SATANÉ MACHIN A ÉTÉ ÉCRIT AU XIVème SIÈCLE. C'ÉTAIT UNE BOMBE DÉGUISÉE, TENANT DANS UNE SACOCHE.
LES RÈGLES DE PROTECTION Y ÉTAIENT MAIS IL Y AVAIT CE QUI LES ENVELOPPAIT.
UN HOMME COMME CARNACKI POUVAIT EN DÉJOUER TOUS LES PIÈGES.
MOI ? J'AVAIS UNE SI HAUTE OPINION DE MOI-MÊME QUE MON PÈRE M'AURAIT FOUETTÉ JUSQU'AU SANG POUR ÇA.
ET JE SAVAIS, FOUTREMENT, QUE JE N'AVAIS PAS L'ESPRIT POUR UTILISER LE LIVRE SCIEMMENT.
UN ESPRIT PAR GÉNÉRATION PEUT UTILISER LE SIGSAND. JE NE LE CONFIERAIS MÊME PAS AU SEPT MAJEUR.
LE SEPT MAJEUR VOULAIT CARNACKI, TU SAIS.
MAIS CARNACKI ÉTAIT TROP IMPLIQUÉ DANS LE MONDE ET VOULAIT LE RESTER. IL NE SUPPORTAIT PAS L'INACTION ET L'IDÉE DE RESTER ASSIS À CONCEPTUALISER.
ET IL ÉTAIT MOURANT AUSSI.

"ALORS ON DEVRA T'ENTERRER LÀ, À ILKLEY MOOR, SANS CAPÉ..."
LES PENTACLES ÉLECTRIQUES, LA CHIMIE DANS SA CHAMBRE NOIRE, LES RAYONS X, TOUT ÇA...
IL AVAIT UN CANCER GÉNÉRALISÉ.
IL N'Y AVAIT PAS GRAND MONDE À SON ENTERREMENT. JE N'Y ÉTAIS PAS.
J'ÉTAIS CHEZ LUI.
J'ENTERRAIS LE MANUSCRIT SIGSAND SOUS LA MAISON.
JE VOULAIS QU'AUCUN DE SES AMIS NE S'EN EMPARE OU QU'UN COLLECTIONNEUR LE RÉCUPÈRE. JE VOULAIS QUE PERSONNE NE PUISSE JOUER AVEC.
C'EST UNE BOMBE, BILL.

"ET JE N'AURAIS JAMAIS PENSÉ QU'UN PRIVILÉGIÉ LONDONIEN AURAIT LES MOYENS, PRÈS D'UN SIÈCLE PLUS TARD, D'EXCAVER LES FONDATIONS DU 472 CHEYNE WALK.
"PI LES VERS TE BÂFRERONT, À ILKLEY MOOR, SANS CAPÉ..."
C'EST CE QU'A FAIT SHIRA-NIAN ?
OUAIS. COMME TOUS CES GROUPES QUI PILLENT LA COLLECTION DE DISQUES DE LEURS PAPAS PLUTÔT QUE D'AVOIR UNE PUTAIN D'IDÉE ORIGINALE.
SHIRANIAN ÉTAIT COLLECTIONNEUR. IL A ACQUIS LE 472 ET A RATISSÉ L'ENDROIT PETIT À PETIT, POUR TROUVER DE QUOI S'AMUSER. JUSQU'AUX FONDATIONS, AU CAS OÙ.
CE PETIT CON A TROUVÉ LE SIGSAND.
IL EST VENU À NOUS AVEC LE SIGSAND. IL NOUS A DIT QUE TU ÉTAIS MORT.
SINON, JE T'AURAIS ENVOYÉ LE TUER.
AH, VRAI-MENT ?
OUAIS. PARCE QUE C'EST MOI QUI T'AI FAIT REJOINDRE LES SEPT.
MAIS ILS M'ONT DIT QUE T'ÉTAIS MORT ET JE NE SUIS PLUS LE MA-GICIEN QUE J'ÉTAIS. ET JE M'EN FICHAIS UN PEU.
OUAIS, MERCI POUR ÇA.
OH, JE T'ADORE, BILL. COMME CES ROTTWEILERS QUI MANGENT LES BÉBÉS.
TU ES COMME TU ES CAR C'EST COMME ÇA QUE TU AS ÉTÉ ÉLEVÉ. MAIS JE NE VOUDRAIS PAS DE TOI CHEZ MOI.
BIEN SÛR, LES AUTRES SALIVAIENT À LA PENSÉE DU SIGSAND. MAIS JE SUIS TOUJOURS LE DOYEN ET J'AI ÉTABLI UN COMPROMIS. ON L'A DÉ-CHIRÉ EN SIX ET SHIRANIAN N'A RIEN EU.

JE POUVAIS BIEN FAIRE ÇA POUR TOM CARNACKI... M'ASSURER QUE PERSONNE NE POSSÈDE TOUT LE MANUSCRIT.
"PI LES CANARDS VIENDRONT BÂFRER LES VERS, À ILKLEY MOOR, SANS CAPÉ..."
OÙ ON EST, SYKES ?
C'EST MON YORKSHIRE, BILL. MES CHAMPS, MON NORD.
L'ENDROIT OÙ JE SUIS PUISSANT, UN NORD DE L'ESPRIT, OÙ JE VAIS QUAND J'UTILISE MA MAGIE DE BERGER.
TU NE CRAINS RIEN, ICI.
PRENDS-LE. VAS-Y.
TA PART DU SIGSAND ?
PRENDS-LE. J'EN VEUX PAS.
SYKES... ÇA ME DONNERAIT LA MOITIÉ DU SIGAND.

"PI ON VIENDRA BÂFRER LES CANARDS, À ILKLEY MOOR, SANS CAPÉ..."
POURQUOI TU FAIS ÇA, SYKES ?
JE SUIS TROP VIEUX, BILL. TROP VIEUX POUR ME BATTRE.
MÊME ICI, TU POURRAIS SÛREMENT ME TUER. ET NE DIS PAS QUE TU NE LE FERAIS PAS. TU TUERAIS TA MÈRE SI ELLE T'INSULTAIT.
T'ES FOUTREMENT ORGUEILLEUX ET T'AS MAUVAIS FOND. T'AS PASSÉ TOUTES CES ANNÉES EN NE PENSANT QU'À TOI.
MON CUL.
MAIS CE N'EST PAS LE SUJET.
JE NE VEUX PAS ÊTRE LE DERNIER DU SEPT MINEUR NON PLUS. TOUT DOIT CHANGER, LÀ. IL LE FAUT, DEPUIS L'INSTANT OÙ CES PETITS ENFOIRÉS ONT RETROUVÉ LE SIGSAND.
RIEN NE SERA PLUS JAMAIS PAREIL. LES VIEILLES CERTITUDES VONT S'ENVOLER...
... ET MOI, JE COMPTE "YAN, TAN, TETHER."

ALORS JE VAIS ME REPOSER ICI.
ET JE PARS HEUREUX, PARCE QUE VOUS ALLEZ TOUS VOUS ÉTRIPER.
SOIS PRUDENT AVEC CE LIVRE, BILL. ON TE DOIT BEAUCOUP MAIS N'AIE PAS LES YEUX PLUS GROS QUE LE VENTRE.
ET SI TU LIS, POUR CHANGER, ET CE SERAIT PAS MAL, LE SIGSAND CONTIENT TOUT CE QU'IL FAUT POUR FINIR ÇA ET CHANGER TA VIE SUR BIEN DES PLANS...
VRAIMENT...
"PI ON VIENDRA BÂFRER LES CA-NARDS, À ILKLEY MOOR, SANS CAPÉ..."
"PI ON REVERRA CEUX QU'ON AIME, À ILKLEY MOOR, SANS CAPÉ..."
"À ILKLEY MOOR, SANS CAPÉ ! À ILKLEY MOOR, SANS CAPÉ..."

"PARFOIS, FAUT LAISSER COULER...
"... MAIS TOUT SE PAYE SI TU ES SUFFISAMMENT PATIENT.
"MON CUL.
"Y A MÊME PAS UN PUTAIN D'ARRÊT DE BUS."
FIN

GRAVEL 0 VARIANT – DESSIN DE MIKE WOLFER

GRAVEL O VARIANT – DESSIN DE RAULO CACERES

GRAVEL 2 VARIANT – DESSIN DE RAULO CACERES

GRAVEL 3 VARIANT – DESSIN DE RAULO CACERES

GRAVEL 0 VARIANT – DESSIN DE RAULO CACERES